きらきらティアラ ゆめいっぱいプリンセス

5人《にん》のプリンセスの5つのおはなし

日本児童文学者協会／編
星乃屑ありす／絵

きらきらかがやく5つのティアラのおはなし

わたし、プリンセスきらら。
かわいいネコのティアラランもいっしょだよ。
あのね、わたしのお友《とも》だちのプリンセスのおはなしを聞《き》いて。
とってもかわいくて、楽《たの》しくて、ゆめいっぱいの、
じまんの友《とも》だちなの。
さあ、5つのおはなしのたびへ、しゅっぱ〜つ！

1
プリンセスミュウと
おおきなおしろ

プリンセスミュウは、
おおきなおしろのちいさなプリンセス。
今《いま》、むちゅうになってよんでいるのは海《うみ》のずかんです。
「へええ、『海《うみ》』って、おしろのおにわの
みずうみとはなんだかちがう。
水《みず》の上《うえ》にこんなにたくさんの
白《しろ》い『なみ』がのってるもの」
プリンセスミュウは、
まだ海《うみ》を見《み》たことがありません。

「海《うみ》の水《みず》は青《あお》いのに、
上《うえ》にのってるなみは白《しろ》いって、
バニラアイスクリームがのってる
青《あお》いクリームソーダみたいな
かんじなのかしら？」
考《かんが》えているうちに、クリームソーダが
のみたくなったので、
プリンセスミュウはおおいそぎで
おしろのなかよしのパティシエに電話《でんわ》します。

「ねえ、プリンセスミュウだけど、
クリームソーダをもってきて
くれないかしら?」

そう、おしろはとっても広《ひろ》いので、
プリンセスミュウはおへやから
パティシエに電話《でんわ》をかけることが
できるのですね。
べんり。べんり。

でも、パティシエは言《い》いました。

「今朝《けさ》も、イチゴとバナナをのせたチョコレートパフェを作《つく》ってあげたじゃないですか。つめたいものばかり食《た》べると、また、おなかがいたくなりますよ」

そう、このパティシエは、なかよしだけど、ときどきとってもきびしいのです。

べんりじゃないですね。ぷんぷん。

でも、今日《きょう》のプリンセスミュウはまけません。

「あのね、わたし、今《いま》、
海《うみ》のべんきょうをしているの。
クリームソーダは、べんきょうのためなのよ」
「えっ？　クリームソーダが海《うみ》と
どうかんけいあるのか、わかりませんが、
まあ、べんきょうのためならしかたないかな」
「ありがとう。
じゃ、アイスクリームはうんと多《おお》めにね」
そう言《い》って、電話《でんわ》を切《き》りましたが、

でも、パティシエがクリームソーダを
もってきてくれるまでには、
まだまだ時間《じかん》がかかります。
だって、おしろはとっても広《ひろ》いのです。
べんりじゃないですね。ぷんぷん。
プリンセスミユウは
もういちど、海《うみ》のずかんを
ひらきました。

「あら、なみって、うごくんだわ。
形《かたち》をどんどんかえながら、
むこうからやってきたり、
また、もどったりするんですって！
アイスクリームはスプーンで
かきまぜないとうごかないし、
形《かたち》はどんどんかわるけど、
ちいさくなっていくだけだし。
まあ、海《うみ》のなみって、ふしぎねえ……」

それからうんと時間《じかん》がたって、
ようやくパティシエが、
「おや、ほんとに、べんきょう中《ちゅう》だ」
と言《い》いながら、クリームソーダの
おぼんをもってやってきたときには、
プリンセスミュウは、
ずかんにすっかり
こうふんしていました。

「ねえ、ねえ、知《し》ってる？
貝《かい》がらを耳《みみ》にあてると海《うみ》の音《おと》が聞《き》こえるんですって」

「キッチンでアサリの貝《かい》がらから
音《おと》なんか聞《き》こえたことはないけれど」
と、パティシエは首《くび》をひねりました。
「あっ、でも、さっき、おしろのにわの
アジサイのねもとに、
おおきなまるい貝《かい》がらがあったな。
あの貝《かい》がらなら、もしかしたら
海《うみ》の音《おと》が聞《き》こえるかも」
「ほんと？　わあ、ありがとう！」

　プリンセスミュウは、
まずは、ゆっくりゆっくりと
クリームソーダをあじわいました。
　おしろがとっても広《ひろ》いので、
アイスクリームは、
ずいぶんとけてしまっていたけど、
それはいつものことなので、しかたありません。
「ああ、おいしかった」
と、プリンセスミュウは、グラスのそこの

クリームもぜんぶすくって食《た》べたあと、
はりきってにわに出《で》ました。
おしろのにわが広《ひろ》いので、
アジサイのそばに行《い》くまでには
うんと時間《じかん》がかかりましたが……。

あっ、見《み》つかりました！
アジサイのねもとに、
ほんとにおおきなまるい貝《かい》がらが……。

「これね」と、プリンセスミュウが
貝《かい》がらをつかみあげたとたん、

「きゃあ、やめて、いじめないで」

と、さけぶ声《こえ》。

「まあ、しゃべるんだわ、貝《かい》がらって」

プリンセスミュウはびっくりぎょうてん。

でも、

「貝《かい》がらじゃないよ、ぼくはかたつむり」と
言《い》いながら、その貝《かい》がらから

頭《あたま》と足《あし》を出《だ》したあいてを見《み》て、
プリンセスミュウは
もっとびっくりしました。
「あーん、ごめんなさい。
いじめるつもりじゃなかったの。
はじめまして、かたつむりさん。
わたし、貝《かい》がらを耳《みみ》にあてたら
聞《き》こえるっていう海《うみ》の音《おと》が
聞《き》きたかっただけ」

「ああ、よかった。
はじめまして、ちいさい人間《にんげん》さん」
と、かたつむりは言《い》いました。

「ぼく、つくえのひきだしに
きれいなピンク色《いろ》の
貝《かい》がらをもってるよ。
ねえ、海《うみ》の音《おと》、
ぼくも聞《き》きたいから、
いっしょに聞《き》こうよ。
まってて、ぼく、おおいそぎで今《いま》、
ぼくの貝《かい》がらもってくるから」
「きゃああ、ほんと？」

「うん、ぼくって、
かたつむりの学校《がっこう》でも
いちばん足《あし》がはやいんだ。
すぐもどってくるからまっててね」

プリンセスミュウはわくわくしながら、
それから、もう一週間《いっしゅうかん》も
ずっと毎日《まいにち》まっているのに、
かたつむりはぜんぜんもどってきません。
これは、おしろのおにわが
広《ひろ》いからだけじゃなくて、たぶん……。
「なにが『ぼくってかたつむりの学校《がっこう》でも
いちばん足《あし》がはやい』なのよう、
ぷんぷん！」

2
リボンのおひめさまとおはりこちゃん

あるところに、おさいほうの国《くに》がありました。
家《いえ》や車《くるま》、なんでもかんでも、ぬのと糸《いと》でできている、
とてもカラフルな国《くに》です。
山《やま》の上《うえ》には、パッチワークのおしろがたっていて、
てっぺんのおへやには、リボンのおひめさまが
くらしています。
「ああ、たいくつ……」
リボンのおひめさまは、
おおきなあくびをしました。

友《とも》だちのボビン王子《おうじ》は、りょこう中《ちゅう》。

ペットのわたぼこりは、どこをさがしても
見《み》つからないのです。

「ねえ、ばあや。外《そと》であそんでもいい？」

「外《そと》ですって？　ダメですよ」

まちばりのばあやが、言《い》いました。

じつは、おひめさまは、きのうまで
かぜをひいていたのです。

おひめさまは、かなしくなって、

ふわふわのかべをけとばしました。

すると、かべにほころびを見《み》つけて
思《おも》わず、りょう手《て》で、ビリビリッ！

と、やぶいてしまいました。

「まあ！　なんてこと！」

まちばりのばあやは、さけびました。

「じぶんで、おなおしなさい。おひめさま！」

かんかんにおこったまちばりのばあやは、
へやを出《で》ていってしまいました。

クスクスクスッ。わらい声《ごえ》がしました。
ドアのすきまから、女《おんな》の子《こ》がのぞいています。
おはりこちゃんです。
「こまったおひめさま。たいくつなら、
わたしについていらっしゃい」

おひめさまは、へやを出《で》て、
おはりこちゃんのあとをついていきました。

かいだんを、どんどんおりて、もっともっと、
すすんでいくと、そこは、ちかしつ。

三《みっ》つのとびらがありました。

「じゅんばんに、見《み》せてあげるね」

おはりこちゃんが、水色《みずいろ》のとびらをあけると……。

「うわあ」

そこは、見《み》わたすかぎりの、花畑《はなばたけ》。

ぜんぶ、ちいさなぬのでできています。

「これ、おはりこちゃんが作《つく》ったの？」

「みんなでやったのよ」

「みんなで？」

「おとなも子《こ》どもも、おさいほうのれんしゅうが
したくなったら、ちかしつへ来《く》るの。

そして、すきなとびらをあけるのよ」

よく見《み》ると、ほどけそうな花《はな》びらや、
へんな形《かたち》のちょうちょがいます。

（あらら。これなら、わたしにもできるかな）

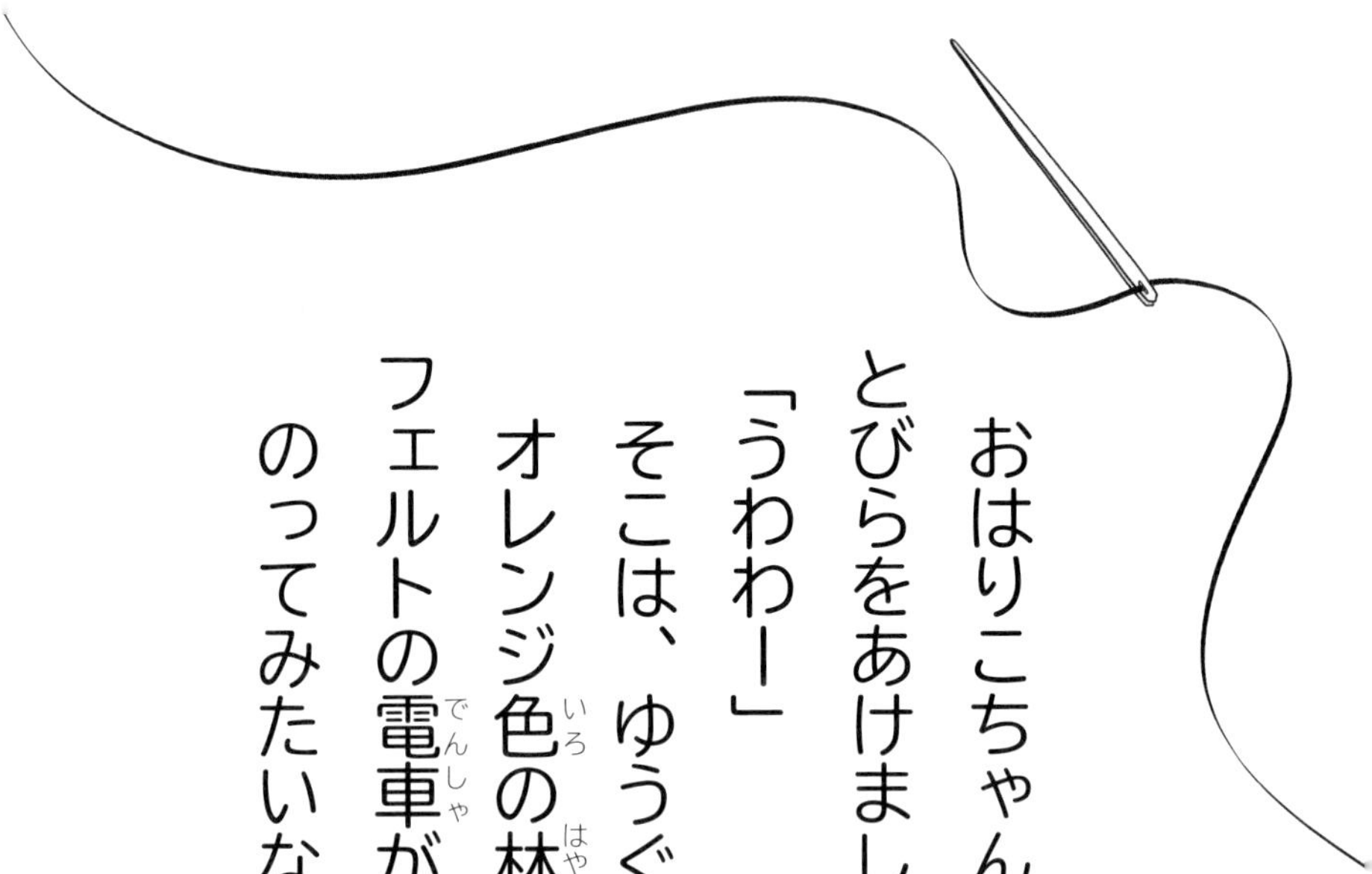

おはりこちゃんは、つぎにオレンジ色《いろ》の
とびらをあけました。
「うわわー」
そこは、ゆうぐれのへやでした。
オレンジ色《いろ》の林《はやし》のむこうには、
フェルトの電車《でんしゃ》が走《はし》っています。
のってみたいなあ、とおひめさまは思《おも》いました。

「見《み》て。あの鳥《とり》は、わたしが作《つく》ったの」

おはりこちゃんが、一羽《いちわ》の鳥《とり》を、
ゆびさしました。

「すごいっ。鳥《とり》が作《つく》れるなんて」

「おひめさまだって、できるよ。

やろうと思《おも》うならね」

おはりこちゃんは、さいごに
黒《くろ》いとびらをあけました。
そのへやに、はいったとたん
白《しろ》いもこもこが、おひめさまに
とびついてきました。

「わたぼこり！　ここにいたのね！」
わたぼこりは、うれしそうに
しっぽをふりました。
そして、おひめさまは、顔《かお》をあげて、
おどろきました。
「うわっわー」
そこは、夜《よる》のへやでした。
へやじゅうに、ししゅうの星《ほし》が、
光《ひか》っています。

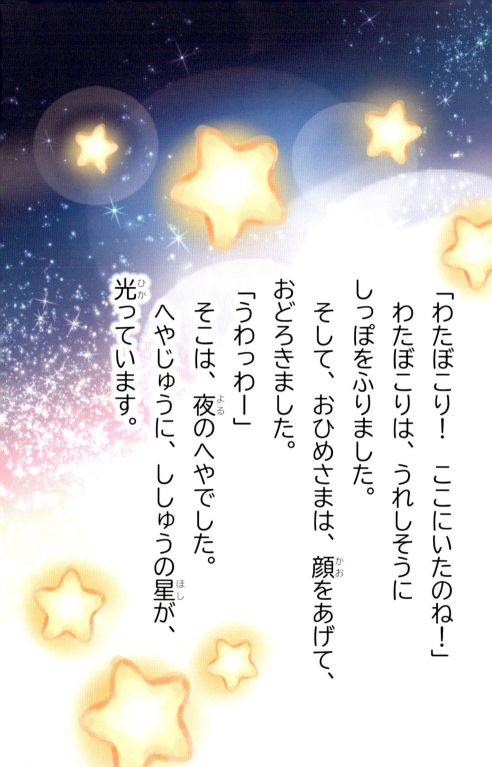

「これ、おひめさまにあげる」
おはりこちゃんは、おひめさまに
はりと糸《いと》をわたしました。
糸《いと》はキラキラとかがやいています。
おひめさまは、はじめて、
はりに糸《いと》をとおしました。
それから、おはりこちゃんといっしょに、
ちいさな星《ほし》をひとつ、ぬいました。
はりって、まるで、まほうのどうぐみたいです。

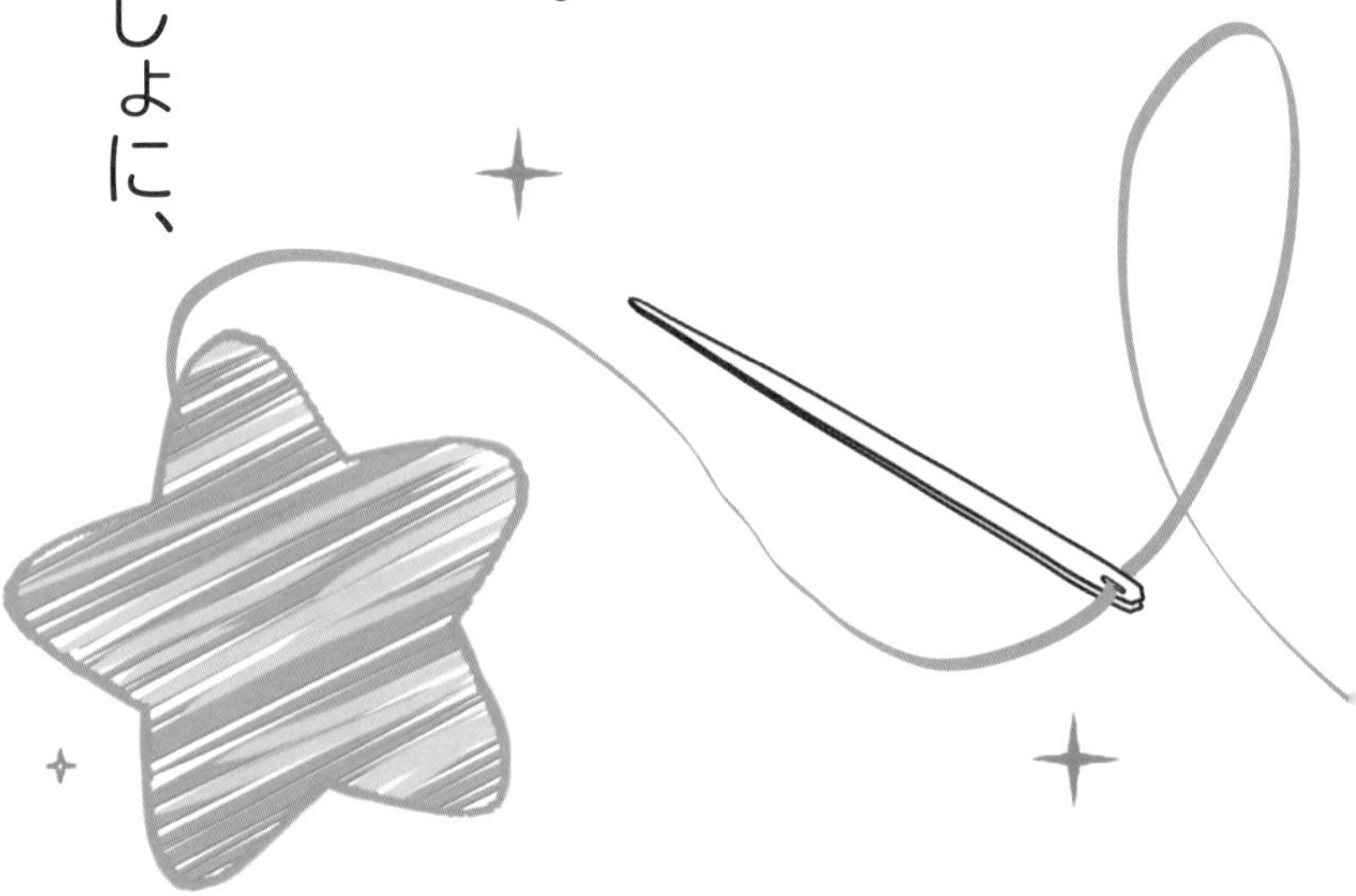

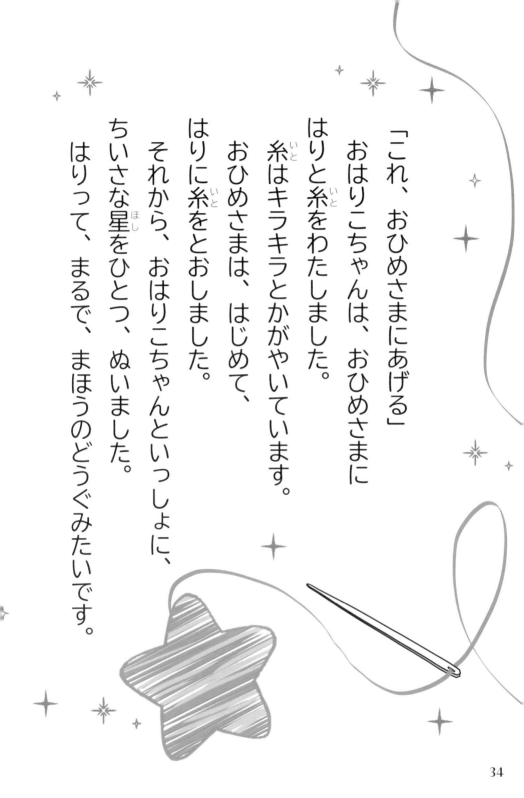

おひめさまは、てっぺんの
じぶんのへやにもどると、
やぶいてしまったかべを
ぬってみました。
ちょっとでこぼこしていますが、
なかなかすてきです。
「うふふ。ばあやはなんて言《い》うかしら」
おひめさまは、まちばりのばあやが
来《く》るのを、わくわくしながらまちました。

3
あさつゆのプリンセス

「ふあ〜あ。もう朝《あさ》かあ」

チットネラは花《はな》の上《うえ》でのびをしました。

ここはちいさな家《いえ》の、ちいさなにわ。

色《いろ》とりどりの花《はな》がさいています。

花《はな》の中《なか》にはひとりずつ、花《はな》の子《こ》がすんでいました。

人間《にんげん》の目《め》には、見《み》えません。

くきをゆらしておどっても、
風《かぜ》が花《はな》をゆらしているように見《み》えるのでした。

「ちかごろ、夜明《よあ》けがはやくて、ねむいなあ」

チットネラが目《め》をこすります。
もうすぐ、げし。
一年《いちねん》でいちばん夜《よる》がみじかい日《ひ》。
そして、花《はな》の子《こ》たちのおたのしみの日《ひ》です。
この日《ひ》、いちばんすばらしい花《はな》に、
あさつゆのティアラがおりてきて、
その年《とし》の花《はな》のプリンセスがきまるのです。
「今年《ことし》のプリンセスはだれかしらね」
クチナシがかおりをむんむんふりまくと、

アジサイがまけずにドレスをゆらします。
そばでゆうがにほほえむのは、バラとユリ。
おととしときょねんのプリンセスです。
チットネラの花《はな》は、
ちいさくてめだたない花《はな》でした。
あんまりちいさいので、
ねこやとかげに、よく
ふんづけられました。
「おはよ、チット」

てんとうむしのテムーです。
ふたりはならんで、秋《あき》にとれた草《くさ》のみを
ぴかぴかにみがきます。
チットネラは、一日《いちにち》のうちで、
この時間《じかん》がいちばんすきでした。
みがいたみをそっとならべておくと、
まいごのありが道《みち》しるべにしたり、
カタバミがかがみがわりにして
花《はな》のむきをなおしたり。

みんながべんりにつかってくれるのが、
なんとなくうれしいのでした。
ふたりの頭《あたま》の上《うえ》を、
だれがプリンセスになるか、
うわさがとびかっています。
「チットがえらばれないかなあ」
テムーがぼそっと言《い》いました。
「わたしの花《はな》なんて、ちいさくてじみだからさ」
チットネラは、はずかしそうに言《い》いました。

そんなある日《ひ》。
おそろしいできごとが、ちいさなにわをおそいました。
この家《いえ》の人間《にんげん》が、かぞくでりょこうに行《い》ったのです。
おとなりに水《みず》やりをたのむのもわすれて。
雨《あめ》もふらず、にわはどんどんひあがっていきます。
うつくしかった花《はな》たちはつぎつぎとしおれて、
ぐったりとたおれていきました。
チットネラも、のどがからからです。

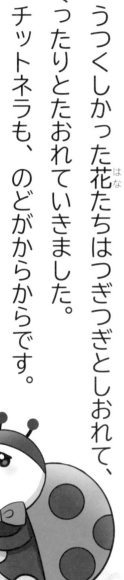

「にわのじゃぐち、あけられないかなあ」

「ヤブのまじょなら、もしかしたら……」

テムーがつぶやくと、

「よんだかい？」

とたんにじめんがぼこっともりあがり、
茶色《ちゃいろ》いはっぱが、顔《かお》を出《だ》しました。

ものおきのうらにすむまじょ、
ヤブカーラです。

気《き》にいらない木《き》や花《はな》に
とりついてからす、
おそろしいまじょですが、
ふしぎな力《ちから》がありました。

たのみを聞《き》くと、ヤブカーラは
はっぱをぱたぱたゆらしました。
「あけてやったら、
なにくれるんだい？」
ふたりがぽかんとしていると、
「あたしゃ、あんたたちがかれようが、
かんけいないね。あたしのねっこは、
すぐに水《みず》のあるとこへはっていけるから、そうねえ……」
まじょはチットネラをじろりとながめました。

「かわりに、あんたの花《はな》でももらおうか。
ちっぽけだけど、色《いろ》はまああきれいだしね」
テムーがとめるのも聞《き》かず、
チットネラは言《い》いました。
「わたしの花《はな》をあげる。
だから、おねがい」
　すると、まじょは、
すぐさま、つるを引《ひ》っかけて、
じゃぐちをあけてくれました。

水《みず》は雨《あめ》のようにふりそそぎましたが、
そのわけを知《し》っていたのは、
チットネラとテムーだけでした。
夜《よる》になり、まんげつがのぼりました。
すっかり元気《げんき》になった花《はな》たちが、
うれしそうに風《かぜ》にそよいでいます。

チットネラは、
ひっそりとないていました。
くきの上《うえ》にあった
ちいさな花《はな》はもぎとられ、
ぽかんとあながあいています。
風《かぜ》がふくたびにかすかに聞《き》こえた
花《はな》びらがそよぐ音《おと》は、もうにどと
聞《き》こえてはきません。
もう花《はな》の子《こ》ではないのです。

ちいさくてもめだたなくても、
花《はな》の子《こ》でいられてうれしかったことに、
今《いま》、はじめて気《き》がついたのでした。

つぎの朝《あさ》は、いよいよげしでした。
花《はな》の子《こ》たちがみまもるなか、
さいしょのあさつゆが、ぽとん。
おちたのは、チットネラの頭《あたま》の上《うえ》です。

おどろいておきあがると、
くきには、ちゃんと花《はな》がのっています。
草《くさ》のみをけずって作《つく》った花《はな》です。
テムーが夜《よ》どおしこしらえて、
つけておいてくれたのです。
「じみでもなんでも、かんけいない。
わたしには、チットがいちばん
すばらしい花《はな》だもん」
新《あたら》しい花《はな》は、めだちませんでした。

みんな、あさつゆは
じめんにおちたのだと思《おも》って、
がっかりしました。
けれども、テムーには、
ちゃんと見《み》えていました。
あさつゆのティアラは、
ちいさな花《はな》の子《こ》の上《うえ》で、
きらきら
かがやいていたのでした。

4
ステキな
しょうたいじょう

フラワー王国《おうこく》のマーガレットひめは、
ひさしぶりに、おしろの中《なか》の広《ひろ》い広《ひろ》いにわを
あちこちおさんぽしました。
まず、バラのにわに行《い》ってみました。
「わあっ！　もうこんなにさいていたのね！」
赤《あか》、白《しろ》、ピンクのバラたちが、
あまいかおりをはこんできます。
「ここで、パーティーをしたら、
どんなに楽《たの》しいかしら？」

つぎに、イチゴ畑《ばたけ》に
行《い》ってみました。
「わわわっ！」
てのひらほどもある
おおきなイチゴが、
たわわにみのっています。
ひとつ口《くち》に入《い》れると、
とびあがってしまいました。
「あまーいっ！」

つぎに、森《もり》の中《なか》に入《はい》ってみました。

「えっ、もうこんなにはっぱが出《で》ていたのね？」

草《くさ》が、こんもりとしげっています。

「ここなら、かくれても、なかなか見《み》つからないわ！」

つぎに、
小川《おがわ》に行《い》ってみました。
「お水《みず》が、キラキラしてる！」
足《あし》だけ、そーっと
入《い》れてみました。
「キャーッ、
気《き》もちいいーっ！」

つぎに、ヒマワリ畑《ばたけ》に
行《い》ってみました。
「うわあっ、きいろだらけよ！」
はやざきのヒマワリが
ズラリとならんで、太陽《たいよう》のように
おおきな花《はな》をひろげています。
「ここでなにか、
楽《たの》しいことができそう！」

そして、さいごに、おしろのウッドデッキを
のぞいてみました。

「ずっとさがしてたのが、ここにあったわ！」

おおきなうすときねが、おいてあります。

思《おも》わずゴクリとつばをのみこみました。

「つきたてのおもちって、おいしいのよね！」

マーガレットひめは、へやにもどると、

「おにわがこんなにステキなんですもの、

みんなをおさそいしなくちゃ！」

さっそくしょうたいじょうを書《か》きはじめました。

『みずうみの王国《おうこく》のオアシスひめさまへ』
『ハーブ王国《おうこく》のローズマリーひめさまへ』
『にじの王国《おうこく》の七色《なないろ》ひめさまへ』
『森《もり》の王国《おうこく》のしずくひめさまへ』

そして、その手紙《てがみ》をもって、
へやを出《で》ると、女王《じょおう》さまに
ばったり会《あ》いました。
「ほら、見《み》て、おかあさま。
こんどの日《にち》よう日《び》、
みんなをおまねきする
ことにしたの！」
でも女王《じょおう》さまは、ちいさく
ためいきをつきました。

「こんなきゅうに、
みなさん来《き》てくれるかしら？」
「だいじょうぶ！　きっと来《き》てくれるわ！」
マーガレットひめが言《い》うと、女王《じょおう》さまも、
「そうね、うーんと、おもてなしをして
さしあげなくちゃね」
と、やさしくほほえみました。
でも、心《こころ》の中《なか》では、きっとだれも
来《き》てくれないでしょうと、思《おも》っていました。

なぜなら、さいきんのおひめさまたちは、とてもいそがしいのです。

ならいごとがたくさんあるからです。

バイオリン、ピアノ、バレエ、じょうば、ダンス、テーブルマナー、それに、おべんきょうもしなくてはいけません。

そのせいで、さいきんでは、ちっともあそばなくなってしまったのでした。

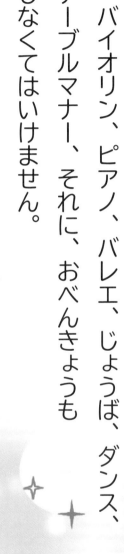

日《にち》よう日《び》。おしろにつぎつぎと
ばしゃがとうちゃくしました。
なんと、ひさしぶりに、
五人《ごにん》のおひめさまたちが、
せいぞろいしたのです。
「まあああまあ、ようこそ！」
女王《じょおう》さまは、目《め》をまるくしてしまいました。
「こんなにきゅうでしたのに、
よく来《き》てくださったこと！」

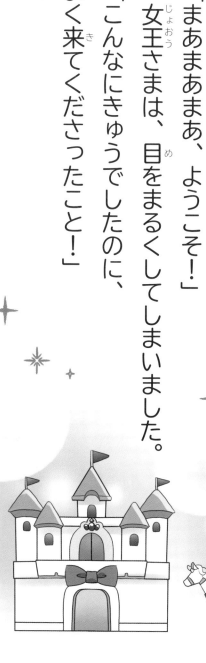

それを聞《き》いたおひめさまたちは、
顔《かお》を見《み》あわせて、フフフとわらいあいました。
「だって、こんなステキな
しょうたいじょうをいただいたら、
ぜったいに来《き》たくなってしまいますわ」
そう言《い》うと、しずくひめが、
バッグからしょうたいじょうを
とりだして見《み》せました。

こんどの日《にち》よう日《び》、
フラワー王国《おうこく》のおしろのおにわで、

1
バラのにわのワクワクパーティー

2
ハッピーイチゴがり

3
ドキドキかくれんぼ

4
ルンルン水《みず》あそび

5
ヒマワリ畑《ばたけ》のウキウキめいろ
フェスティバル

6
デリシャスおもちつき大会《たいかい》

をやります！
ぜひ来《き》てくださいね！

「まあまあ、こんなにもりだくさん？」
女王《じょおう》さまは、目《め》をパチクリ！

「ようこそ、みなさん、
さあ、今日《きょう》は、
思《おも》いっきりあそびましょう！」
マーガレットひめが、
手《て》まねきしました。

5

楽《たの》しい「ぶんどうかい」

あ〜あ、明日《あした》、雨《あめ》にならないかなぁ。
さかさに下《さ》げた、てるてるぼうずが、
ぶらーんと、ゆれています。
明日《あした》は、小学校《しょうがっこう》のうんどうかい。
りこは、かけっこがにがてです。
まけるのはくやしいし、うんどうかいなんて、
なくなっちゃえばいいのに！
「はやくねないと、明日《あした》、
力《ちから》が出《で》ないよ」

ママに言《い》われたけれど、ちっとも、
ねむくありません。
りこは、むくっと、おきあがりました。
なにか、楽《たの》しいことを考《かんが》えなくちゃ！
ピンクのシーツを引《ひ》っぱって、
体《からだ》にくるっと、まきつけます。
「ララン、ルルン、ララーン！」
かがみの前《まえ》で、ハイ、ポーズ！
ほら、すてきなドレスになったでしょう？

りこは、このあいだ、
よんだ本《ほん》を
思《おも》いだしました。
おひめさまが、
ぶとうかいに行《い》く
おはなしです。

うつくしいおしろで、キラキラしたドレスをきて、
かっこいい王子《おうじ》さまとおどるのです。

「うんどうかい」じゃなくて、
「ぶとうかい」だったら、よかったのになぁ。

そう、思《おも》っていると、へやにねこのミーシャが、
とびこんできて、びっくり！
首《くび》に、ちょうネクタイをしています。
そして、もっと、おかしいのは……。

「たいへん、たいへん、
時間《じかん》です！」
なんと、二本足《にほんあし》で立《た》って、
おしゃべりをしている
ではありませんか！

え〜？

「りこひめ、ぶんどうかいが、はじまります！」

「ぶんどうかい？」

「そう、ぶんどうかいでかたないと、
王子《おうじ》さまと、おどれませんよ！」

そ、そうなの？

すると、りこのへやが、
ぱっと広《ひろ》くなりました。

三人《さんにん》のおひめさまが、赤《あか》、青《あお》、きいろの
すてきなドレスをきています。
「あ！　あたしのドレスは、ピンク！」
さっき、りこが体《からだ》にまきつけたシーツが、
いつのまにか、ごうかなドレスになっています。
ウエストには、おおきなリボン。
そでは、ふっくらふんわりと。
なんまいもかさなったスカートには、
キラキラしたほうせきが、ちりばめられていました。

うっとりするほど、
かわいいい！

「いちについてー」

え、もう？

ミーシャが、ピストルを、
上《うえ》にむけてかまえています。

りこは、三人《さんにん》のおひめさまと
いっしょに、スタートラインに立《た》ちました。

「よーい」

長《なが》いドレスのすそを、ぱっと、もちあげます。

「どん！」

四人《よにん》が、いっしょに、走《はし》りだしました。
赤《あか》いドレスのおひめさまが、
ドレスのすそにつまずいて、どってーん！
青《あお》いドレスのおひめさまは、
つかれて、ふうっと、ひとやすみ。
あとは、きいろのドレスのおひめさまと、
ピンク色《いろ》のドレスのりこだけ！
ふたりとも、はやい、はやい！
ゴールのテープが、見《み》えてきます。

そのむこうには、ゆうがに手《て》をふる、
王子《おうじ》さまがいました。
「よーし！」
りこは、ぐんっと、スピードをあげました。
ぐんぐんと、風《かぜ》をきります。
思《おも》いっきり走《はし》るって、気《き》もちがいいかも！

りこが、いちばんに、ゴール！
王子《おうじ》さまが、りこの手《て》をとります。
「さぁ、りこひめ、おどりましょう」
バイオリンやピアノをひく人《ひと》があらわれて、
きれいな音楽《おんがく》がながれてきました。
「うふふ。それより、
いっしょに走《はし》りましょう！」
りこと王子《おうじ》さまは、ひとばんじゅう、
走《はし》りつづけました。

チチチっと、鳥《とり》の声《こえ》。
おひさまの光《ひかり》が、まどからさしてきます。
むにゃ、むにゃ、むにゃ。
ピンクのシーツが、りこの体《からだ》にまきついていました。
いつもねぼすけのミーシャが、
にゃーとないて、やってきます。
「あ~、ぶんどうかい、楽《たの》しかったぁ!」
りこは、うーんと、のびをしました。
いい天気《てんき》!

よーし、今日《きょう》のうんどうかいも、
思《おも》いっきり走《はし》ろうっと。
それで、また、ぶんどうかいに
出《で》るんだぁ！

プリンセスからの きらきらメッセージ

おはなしをよんでくれたみんなへ、
5人《にん》のプリンセスからの
メッセージだよ。

プリンセスミュウ

「たいせつななにか」を
まっている気《き》もちって
だいじ、だいじ。

りこひめ

ゆめ見《み》る力《ちから》があれば、
だれでもなりたいものに
なれるんだよ。

マーガレットひめ

アイデアしだいで
みんなといっしょに
楽《たの》しめるってステキ！

チットネラ

ちいさくて
めだたなくても、
だれかがきっと
見《み》てくれている……。

リボンのおひめさま

むちゅうに
なれることがあれば、
すてきな時間《じかん》を
すごせるよ。

5つのおはなし、
どれも楽《たの》しかったよ。
きららもティアランといっしょに
ゆめいっぱいのきらきらを
さがしに行《い》こうっと。

またね〜

作者プロフィール

1　プリンセスミュウとおおきなおしろ

作★二宮由紀子（にのみや ゆきこ）

大阪市生まれ。童話作家。赤い鳥文学賞、産経児童出版文化賞、日本絵本賞大賞など受賞多数。おもな作品に『6人のお姫さま』（理論社）、『ごはんのつぶとおこめのつぶ』（アリス館）、『コップのすいえい』（フレーベル館）など。

2　リボンのおひめさまとおはりこちゃん

作★大久保雨咲（おおくぼ うさぎ）

三重県生まれ。児童文学作家。主な作品に『あらいぐまのせんたくもの』（童心社）、『雨の日は、いっしょに』（佼成出版社）、「りすねえさんのおはなし」シリーズ（光村図書出版）、絵本に『アリィはおとどけやさん』（ひさかたチャイルド）など。

3　あさつゆのプリンセス

作★押川理佐（おしかわ りさ）

東京都生まれ。作家。主な作品に「ねこまるせんせい」シリーズ（世界文化社）、「すすめ！キケンせいぶつ」シリーズ（Gakken）など。2015年より、NHK「新・ざわざわ森のがんこちゃん」ほか、がんこちゃんシリーズの脚本を執筆。

4　ステキなしょうたいじょう

作★吉田純子（よしだ じゅんこ）

埼玉県生まれ。作家。主な作品に『おばけのたんじょうび』、『かいけつ！おばけミステリー』などの「おばけのポーちゃん」シリーズ（あかね書房）、『どーすんの！?　おもちゃゲット大作戦』（ポプラ社）など。

5　楽《たの》しい「ぶんどうかい」

作★工藤純子（くどう じゅんこ）

東京都生まれ。児童文学作家。2017年に『セカイの空がみえるまち』（講談社）で第3回児童ペン賞少年小説賞を受賞。主な作品に「リトル☆バレリーナ」シリーズ（Gakken）など。本シリーズの編集委員を務める。

絵★星乃屑ありす（ほしのくず ありす）
イラストレーター。主な作品に『メイクアップぬりえBOOK スイートジュエル』、『はじめての絵の具あそび キラキラぬりえファンシープリンセス』（ともに東京書店）、児童文庫の挿絵に『紅桃の百色メイク(1)』（講談社）など。

きらきらティアラ①
ゆめいっぱいプリンセス

日本児童文学者協会 編
星乃屑ありす 絵

2025年1月　初版第1刷発行
2025年1月　初版第2刷発行

発行者　吉川隆樹
発行所　株式会社フレーベル館
〒113-8611 東京都文京区本駒込6-14-9
電話　営業 03-5395-6613　編集 03-5395-6605
振替　00190-2-19640

印刷所　株式会社リーブルテック

装丁　椎原由美子（シー・オーツーデザイン）

88p　22×16cm　NDC913　ISBN 978-4-577-05299-0

フレーベル館出版サイト　https://book.froebel-kan.co.jp